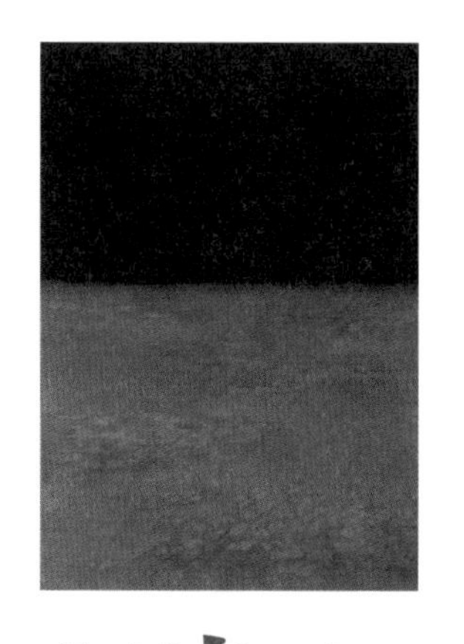

Yumiko Ikeda
池田裕美子歌集

時間グラス

短歌研究社

時間グラス　目次

I

II

III

IV

時間グラス

装画　須惠朋子
《碧のむこうに》
装幀　間村俊一

I

春の断裂　――二〇一一

はやき日暮れにかじかみ滲むはなびらの去年（こぞ）より地味に冬ざくら咲く

十九年ともに暮らした猫のマリを見送った

春爛漫のさくらの下にほればれとこの世見おさむごとく去年あり

去年今年の春の断裂なぐさめてひるがおのひとつひとつ絶唱

震災の前年亡くなった河野裕子、遺歌集に「一寸(ちよつと)だけの
日向のときありしかな誰の一生(ひとよ)も倖せならず」の歌

春を恨んだりはしない*――はるに読みし悲(ひ)をつつむ透きたることば極月至る

*ヴィスワヴァ・シンボルスカの詩の一節

東日本大震災の爪痕

抉られしままの背骨(はいこつ)ひとりびとりにこの国を戦後を問いて「この春」往かず

ブリヂストン美術館に野見山暁治展を観る

ふるさとと復興という戦後主題もくもくと廃坑のボタ山を描く

震災が炙り出したる戦後の虚(うろ)　爆裂のボタ山が噴く赤と黒の黙(もだ)

瓦礫ではない、人間の混じっている「骸(むくろ)」なのだ、と坂本義和は書く

棄民の語をキーワードにしてオキナワと「がれき処理」とを繋ぐ論よむ

老年のあらざりし母享年に近づきてふとこの夏われ病む

応分な加害者である東京、そしてだんだん明らかになってくること

欅の梢(うれ)ののびやかなりし武蔵野のあの日のそらにもセシウムの舌

焼却灰に都市型濃縮さるるもの家庭ごみなどに塞がれゆかん

ＮＡＳＡが名指すケプラー22ｂ適温の水ある星をさびしみ聞けり

ダ・ヴィンチの手になるような静謐に銀糸綴らる凍夜星燦図

たましいの舟

そらに爪立てたるような掻き傷が祈りにむかう朝にありたり

貧血、胸水抜去、食道閉塞の胃チューブと闘い抜けり奇跡の時間を

マリ　悪性組織球肉腫多臓器転移

家に置く酸素ケージはさむ終の日々ひときわふかき緑金の眼は

黒猫のマハ、女傑と夫いう　わたくしにいのちと思うただにひとりご

猫の生のたましいの舟そこに舫いゆきたるようなりベッドのくぼみ

マリちゃんと遊ばせてとランドセルの子らの声する午後の庭辺に

猫と結婚したんだこのひとはと言われいき三歳の汝れ復(お)ち返りこよ

巨大なる剝離とおもうはな饐(す)えて泰山木に葉かげこき夏至

虎・アジア

最強の運勢と言われるが

二〇世紀まなかの五黄の寅に生まれ「本位、強運相」はことごとくなし

一九六〇年、テレビ「快傑ハリマオ」人気

「安保」の死者をあざむくごとく軍国の英雄譚に子らをいざなう

ハリマオはマレー語で虎の意

マレーの虎に「東亜解放」の「正義」託すあさき文脈も戦後につづけり

「コンチャニエンとて人に似て美しく年歴(と)ると虎に化ける猴(さる)」安南(ベトナム)古伝に

『沖縄ノート』（大江健三郎著）の扉の詩の一節に「虎よ、おまえはすべてのわれらの過去と未来を彷徨する」（ジュディス・ライト）

しかすがに『沖縄ノート』のつきつける歴史の裂層　孤島苦は虎

冬ざくら未練のようにはな咲けるみめいかそけく獅子座流涕

初蟬

昧爽の電線にきて山鳩の墨流れたる声とおもえり

ははの死を一万日も生きてきつ初蟬が鳴く森をふるわせ

慈照寺花方の女（め）のすがしかる手鋏は剪る白きやまぶき

南十字星に隣り蠅座のあるあわれ死にゆく際（きわ）に兵が見しもの

鮮らけき妨害はあり写真展　中国の敬老院に老ゆる「慰安婦（ハルモニ）」

金閣寺炎上の年もう一つの戦争があり半島を裂く

どくだみを撲滅したる狭庭なる夫のたたかい蚊遣りたきつつ

うさぎ飼い夫婦さびゆく逃亡犯堅実に生き面変わりせり

オウム真理教　高橋・菊地容疑者

末枯れ咲く紫陽花の毬を剪りてゆく　からまわりするせかいのまひる

レゾンデートル

真珠をきょう「陰(いん)の精(せい)」とぞ読みて知るあわゆきはるの軒しずくせる

兄という深籠の愛が揺り守(も)りて『一点鐘*』の妹のうた

*岡部桂一郎歌集

今に「ペストコントロール協会」なる存在を知りて驚く

ふかふかと猫をねむらせ　東京の眠らぬ地下に齧歯類帝国ありや

ヨーロッパ中世を襲いし黒死病黒海からシチリアに入る一隻の船

アビニヨン法王庁発表の二千三百八十四万の黒屍の記憶

鬱屈青年ビアスに存在理由(レゾンデートル)を与えし軍隊生活の四年

辛辣はニガヨモギと酸のインクもて書かるると、皮肉屋ビアスの日常ぎらい

革命のさなかのメキシコへ旅立ちて消息不明のビアス七十二歳

わかき晩年のニーチェ謳えり「わたしの最後の、第七の孤独」そを捕えよ、と

イギリスに鱈戦争の切実の三たびありたり寄せ鍋つつく

時間グラス

砂時計を時間グラスとよぶときのすいせんの香をこめて雪ふる

きさらぎの春をはらみて蠟梅をぬらすあわゆきゆうべは晴れて

あまざかるチベット密教展に親しくも猥雑なもろもろ神の黄金(きん)のさざめき

天空はつきぬけた聖　高僧の秘仏としてあるカーラチャクラ父母仏立像

「成所作智(じょうしょさち)」授けたまえと不空成就如来坐像の伏し目をみあぐ

邪教と正法ともに信じつと『大唐西域記』の迦湿彌羅（カシミール）国の記述

金毛の羊連れたる冬星座アルゴ遠征隊のとも・ほ・らしんばん

そしてすこし泣きたるように雪ふれりギャップ・イヤーの一年が過ぐ

アポリア

神あれば悪魔の審き添うことの、つれづれに読むフランス幻想民話集

あめゆきになりていいるらし図書館の自習室に宗教学辞典繰る

アポリアの「国家と宗教」知りたきは白き祭服を着る昭和天皇

げんみつにいえば「三種の神器はレガリアではない」・・睡魔を払う一行があり

伊勢神宮の二十年ごとの大事業・式年遷宮の年なる今年

武者顫いしている政治、日の丸の小旗の高揚　こえ裏返り

この国を、ジリ貧をさけようとしてドカ貧の道をえらぶと米内(よない)評しき

五十四基*の原発列島まもりきる「国防軍」というアポリアも

*震災時までの原発の数。二〇二一年時点では三十三基

百首詠もて問われいつ原子力産みたる「神のパズル*」の破綻

*大口玲子歌集『ひたかみ』中の主題連作

搦められゆく

蛇口にかざす朝のてのひら窓際のハーブをつみし薄荷のにおい

鉄錆びた蛇口も世界遺産なる軍艦島の波濤にうかぶ

憤怒という民衆のこころ歌に研ぐ坪野哲久『人間旦暮』

月桃の気鬱にきくという乾し実　おばあが語る沖縄映画に

せつせつと米とぐことも薄れきつ一万六千人の命日をまえに

停電のローテーション表など冷蔵庫にはりてはげみし節電の夏

デブリや汚染水フレコンバッグの汚染土と手に負えぬもの積み重なりぬ

時代の魔に搦められゆく抗いのわれも重なる戦時の父母に

記憶されけり

泰山木はなくずおれて夏至の夕　はげしくわれをなじる眸（まみ）みゆ

饗宴のたけなわにしてポセイドン神殿に入（い）るスーパームーンが

聖橋したにたむろする浚渫船ややに暴力の気配を帯びつ

政治的マチスモふゆるだれかれの沼のまなこやドイツ黄金（おうごん）*

*鯉の変種

日本軍隊七十三年の歴史にて祖父また父も庶民兵たり

徴兵制を調べしコピー綴じているホッチキスそも機関銃の名

せん妄の父に苦悶のきれぎれの花からすうり夜にからまる

たたなずく眉間白毫相とともに村山談話記憶されけり

II

ファムファタル

夕暮れはしずかな馬を曳きてくるローランサンの絵具をつかって

春の女神そぞろいでたるあたたかさボッティチェリ展ひとり観にゆく

名画座の時代さびたるスクリーンに映りて「熊座の淡き星影」

堺の老舗和菓子屋のいとさんのヰタ・セクスアリス『みだれ髪』読む

臙脂色に血のゆらぎ詠む晶子いて相聞(あいぎこえ)の「紫の鉄幹」を生(あ)れしめしちから

フロイトとファムファタルめぐる「聖三位一体」の恋にニーチェも苦しむ

まなうらに雪降らしめて手紙読むフィンランディアの旋律のなか

あこがれ・靴

あこがれはアンナ・パブロワの白鳥のパ・ド・ドゥー踊る白トーシューズ

農民が靴をはきたるその初め明治六年の徴兵制にあり

国民皆学と皆兵の号令に貧しきは兵隊にゆき字も学びたり

賢治の嫌いな家業質屋に持ち込まる除隊みやげの軍衣袴(ぐんいこ)・軍靴

ユーカラの神の魚なるサケの皮につくれる装束・沓(くつ)穿くたつき

靴箱に手紙しのばす古風なる初恋作法ありたりむかし

そういえばカボチャの馬車だったと思いつつ夏のパンプス箱にしまえり

生まれ変わりて

あおあおと六月梅雨に母の腕にたおれこみたる意識のきわは

ある朝の教授回診に「要注意きょう解除です」とわれは言われつ

拒食症三十二キロに思いつめる恋あり仕事も競い合うなか

なだらかに癒えゆく日々を病院にすごしし一夏(いちげ)よ　生まれ変わりて

暗幕のうちに生死をさまよえるわれより悲嘆の母が病みそむ

胆管がん進行しゆく母とえらぶウエディングドレスひととせののち

きりぎしの母と娘の濃密な時間をよろこびと言いてはは逝く

落涙と流涕

落涙と流涕とあり流星群獅子座のあたり夜空をみあぐ

落第を通過儀礼のひとつとし詩は生まれたり朔太郎に中也に

卓球にあそびつかれてわたのごと眠るを救いとなしし日々あり

戦場の残る記憶のきれぎれの幻影言いき老い父病みて

老耄のなずきにフラッシュバックせるくるぶし被弾マラリア罹患

傷痍軍人をたすける看護婦になると決め猛勉強せし若き母あり

すすりなく肺腑とおもうチェロの音の「鳥の歌」聴く夏の終わりに

一瞬に永遠をみるよろこびのスターマインが揚がるフィナーレ

恋のうたかた

はなびらの風に舞いゆく木下道ひとつ老いゆくさくらの修羅も

助走せる鶴のほそあしうすずみのたどたどしさも空に吸われて

しろつめ草の花のかんむり編みくれしときより姉妹に五十年流る

青年を五月の森の祝祭に類えてうたえりかつて詩歌は

波止場というのすたるじーの窓　トレンチの背(せな)をまるめて寺山修司

あこがれもかなしみもまた疾走する若き牧水の恋のうたかた

情熱とはくらいものだと知りそめしころの螢よ式部のほたる

かたわらにわれを座らせ「沈める寺」弾きくれしひと　冬に入る雨

「あなたにはどこか手がつけられないところがある」と君をこまらせ若き日ありき

側溝にはなびらたまりみぞれ雪ふるなかゆけりひとの葬りに

漱石『三四郎』を詠む

心字池——東京大学構内の通称「三四郎池」は正式名称を「（育徳園）心字池」といい、池の形が「心」という字をかたどっている

誘う女と桃喰う中学教師風広田先生に出会う上京の汽車に

三四郎がまず訪ねゆく同郷の新進理学士野々宮兄（けい）を

百年の学究のまなこ明(あき)らめて赤門通りに顕微鏡店あり

日本近代の負う西欧の影にれがみて「偉大なる暗闇」せんせいの低徊

安田講堂攻防戦に与次郎の「ダーターファブラ」のこえ重ねみる

うっそうと木立が囲む心字池くびれたる橋ある下に鯉すれちがう

団子坂菊人形展へ繰りだせる五人の輪から迷いでる小羊

恋にすすまぬ野々宮を責め憂愁の、されど敗者になれざる美禰子

友から奪う妹・妹的な思いびと　成就せる恋の罪悪を書く『それから』に

先生の夢

「十二三の奇麗な女」という非情オフィーリアの死を永久に抱きつつ

夢判断の謎がさまざまに連れてくる漱石の生い立ちの瑕（きず）や葬りし恋

『壺葬論』霊魂不滅の書を愛す先生の夢の女のエロスとタナトス

大寂門

丹波なる鬼の里訪うかの春の『飛花抄*』恋うる歌枕の旅

*馬場あき子歌集

携帯を切りて入りゆく南禅寺　大木戸に大寂門と書かれあるところ

手綱にすがりほそ階(きだ)のぼる五鳳楼　時とさくらをはるけく見放く

立ち嘆くなげきを霧にたとえたる戀の和歌史をおもう深草

ゆうあかねのなかに帰れり亡き者と距離をちぢめて生きてあること

東京の遠近法

降誕祭の美(は)しき夕富士大窓に冷えつつ待てり夫(つま)が帰るを

信濃町慶応病院の九階ロビーにて
東京の遠近法のあやしさに富士が退きつやめく高層ビル群

かろうじて噴門のこるを良しとして術衣の執刀医励ましくるる

幽門の痼(しこ)る胃弱に漱石の近代の憂愁、夫の不機嫌

十キロ減、五分の一の胃になりて淡々とせりマイペースにて

病理検査の結果に転移なきことを聞ききて盛大に節分の豆まく

見舞に叔母上京

叔母のお供にめぐれるひとつ地に四肢をふんばりて赤き東京タワー

つつましき高さと思う廃墟から励み高度成長へ離陸せしころ

アジア青年三人(みたり)が寄りきて「インペリアル・パレスはどれ乗る?」と地下鉄図に聞く

大陸も半島も

文化伝播の兄たちなるを中学校の机(き)に学びたり　稲作・漢字

あんちてーぜ

「おっとせいのきらひなおっとせい」若き日はただに厭いつ金子光晴

群れに抗う勇者かもしれず保護されて一頭の痩せオットセイむこうむき

複眼の異邦人の眼ももちたると戦時下の詩の反骨を教えられいつ

木村家のうぐいすあんぱん好めりし優しくなりし晩年の父

三頭身のアンパンマンがみずからをちぎり差し出す正義ややさしさ

戦中戦後の飢えが書かせしヒーローと知るや知らずやアンパンマンを

中国戦線のどこかに父と行きあえることもあらずや同年生まれ

やなせたかし・大正八年生まれ

ヒーローものへのアンチテーゼと由来記もひょうひょうとせり『アンパンマンの遺書』

残像と違和

空き屋なる家を毀てるふる雨に昭和残像の便器がのぞく

小緑地公園ふえて「物納」の細る家族のひとごとでなし

二十年間自身の被爆を語らざりし丸山眞男をEテレに知る

二号研究・F研究と戦時原爆製造計画の日本にもあり

非軍事化と軍事要塞化の戦後史に地道な永久運動としてあり九条

安全保障関連法案反対デモ　二〇一五年

熱波とはならぬなにかを自問しつつ六月、八月の国会前デモ

黒傘が埋めし風景さまがわりとりどりの色傘合羽に子連れも混じり

常套句ではあるが

音頭とる拡声器の揶揄「無表情な警察官のみなさん」に違和を感じつ

ハンタイ！で済まぬ呪縛に解さがす　基地の沖縄に連なれ連呼は

サミットで来日　二〇一六年

バラク・オバマの一〇〇の握手やカジュアルに尖閣「適用」約してゆけり

安倍晋三首相談話

軍靴にて踏み入りし記憶を削除せる終戦の日の夏の死の死

III

ひとり旅

菊人形の義経多きを見てきたる空にかかれり弓張りの月

柘榴花のちりっと赤き敗れたるものに肩入れするくせいまも

かたつむりの這いたるあとのひかりいて路地は薄目の秋陽のまひる

門のわきのつわぶきの黄(きい)ほがらかに所帯じみるも悪くはないさと

＊

「鱧と水仙」の合評会を終えて

日本海へ抜けたき思いふつふつと最終特急に飛び乗りてきつ

夕暮れてゆく車窓なる山容のやさしきことも京都の鄙(ひな)は

亀岡あたりの峡谷ふかきに目を凝らし墨色におちゆくなかの川をひろえり

ひとねむりしたればおおかた人降りて旅上のひとりがふいに身に沁む

東舞鶴終点に降り駅ちかきホテルに着けり二十二時半

朝粥をいただきて出るフロントに舞鶴観光バス「かまぼこ手形」買う

三十数年ぶりの一人旅

夏の名残りの快晴の朝に離陸せるこころおどりよ海に向かいて

蛸ぶね

光の春まぶしみてゆく公園の藤の根方にすずめ砂浴ぶ

噴水の水盤のふちをうすくこぼるぬるめる水を鳩が歩めり

丹後由良の晩夏の浜辺にやどりしてかざられいたる蛸ぶねもらう

育卵の貝を背負える母ダコの神秘よみいつ『海からの贈り物*』に

*リンドバーグ夫人のエッセイ集

天使の羽のぬけがらのよう透く二枚貝　夏逝くなぎさに打ち上げらるる

浜の石段ふみゆくごとに舟虫の黒いつぶてが放射状に走る

「映像の世紀」にみたりリンドバーグ空の翼のナチ協力を

岬の鼻の海みるためにのぼりゆく白き灯台の螺旋階段

海の記憶・引揚記念館

海の京都舞鶴に来つ　軍港のはなやかなりし半世紀あり

旧海軍鎮守府置かるは浪漫主義はなひらきゆく明治三十四年

『みだれ髪』謳いあげたるその秋の婚をききいて若狭の登美子は

若狭湾にひらきゆくなる文明の縄文の代（よ）の丸木舟出づ

富士・八島・敷島・初瀬・三笠あり舞鶴市内の通りのなまえ

海軍遺構のロマンの残り香　赤レンガ倉庫群映ゆ海の青さに

東郷平八郎元帥像あり年収八三〇〇円*とぞ所得税台帳に

*平成十五年現在換算で五千万円相当とあり（海軍記念館）

水交会港めぐり遊覧船が見す停泊せる自衛隊護衛艦の威容

敗戦に果しし使命舞鶴の「引揚記念館」へバスに乗りゆく

六十六万余人、一万六千柱を迎え入れし引揚桟橋の迫(せ)り出しかなし

そのなかに父がありしや中国に一年半残りて通信教えきと

ふるさとの継母は戦死せしものと「生きていた英霊」だったのか父

シベリアのラーゲリを辛く生き抜きて昭和三十三年の祖国へのダモイ

引き揚げの経路図パネルに葫蘆（コロ）島を指差す老女　姉妹だろうか

六六〇万の母数はいかに記憶さる「引き揚げ資料」の世界遺産登録に

戦後七十年、ユネスコ世界記憶遺産に登録・資料五七〇点。
敗戦時、外地にあった兵数と民間人数の合計＝六六〇万人

ふるさとの暮色

日盛りの魚津漁港に降りたてり大正の「米騒動」の発祥地ここ

漁民女房連の一揆から一道三府三十七県に拡がりしマグマ

戦後生活をここに始めしちちははの見たりし夢や海の蜃気楼

父母に富山なまりのなかりしこと旅をゆきつつ今に気付けり

戦争が裂き戦後が分けしふるさとに居場所なかりし三男坊は

ちちの入善（にゅうぜん）ははの宇奈月ふるさとは名のみとなれる墓に草生（くさむ）し

黒部峡谷のトロッコ電車こわかりし母との帰省の小三の夏

立山を信仰として持（じ）していし母を想いて室堂をゆく

虹まとい水煙りたつ黒部ダム観光放水の紅葉に映えて

ダム記念館屋上に佇ちふるさとの暮色にそまる山また湖（うみ）と

吉野行

終わりゆくはなの季節の吉野行去年（こぞ）ほど狂えぬことしのさくら

花里のはながすみいて金峯山寺（きんぷせんじ）蔵王権現の魔障調伏

蟬丸が愛用せしとう琵琶「無名」はなの吉野に千年旧(ふ)りつ

声明(しょうみょう)をきくごとく聴く八月の夕蟬しぐれ杜(もり)ゆくときの

埃っぽき昭和の記憶の露地に咲くべんがらいろしたポンポンダリア

須磨・明石

山陽電鉄人丸前駅　子午線の通る標(しるし)をホームに踏めり

柿本神社の石段のぼる人麻呂が手植えしと伝う筆柿たわわ

須磨の浦の秋をたずねて現光寺　流謫の月をしのびしや子規も

光源氏ゆかりの、という虚にあそぶ明石の巻の舞台をめぐり

祭り太鼓の練習の音とどろきて浦風の夕べのなかに通い路は照る

くれないと縹（はなだ）もみあう夕焼けの浜に蛸干す竿棚ならぶ

明石海峡大橋ながき吊り橋のライトアップを旅まくらに寝つ

古事記なる国生み神話の大八島初子（ういご）の淡道（あわじ）へ浮橋わたる

貴種流離

夜行バスにわれは眠らな疾走し運ばれてゆく出雲神國（かみくに）

朝五時の松江に降り立つ　おにぎりを買いて歩けり明けゆく宍道湖

松江城のぞむ武家屋敷跡の一隅に住まいて書かれし「ＫＷＡＩＤＡＮ」

今生が流離でありし人ふたり八雲と後鳥羽院をつなぐうなばら

フェリーに渡る隠岐島なり二等船室に雑魚寝というもはつかなつかし

向こうの小窓にかたぶきやまぬ水平線晴朗なれど日本海荒れ

旅か帰省かわからぬひとりと枕ならべかたみに傷もつこころと思う

二時間半いたわりあいし船の揺れ名も告げあわず島前(とうぜん)に下(お)る

＊

郵便船いでゆく水脈のゆうひなみ　港みおろす宿につきたり

ちぎれ雲を染めたる夕陽ここ隠岐に「遠島百首」を詠みたるまなこ

四歳で即位、 十九年の貴種流離のうちなる死（しに）に群るる曼珠沙華

太陽王の展墓のごとく火葬塚真日（まひ）うけ赫ばなに揚羽あそぶは

寒濤のすさぶ配所に遺書書かれ朱印の両手形摑みかかるがに

天窓洞

油壺ねっとりこがねに照り光り夕陽没するまでの海見つ

同窓会名簿の消息不明者にわが名あるらん旧姓のまま

平成がのっぺりみえていたころのわれは若かり猫を飼い初（そ）む

安全神話もろもろ崩れ　てんでんに備えよと鳴る携帯警報（アラート）

古稀になりし姉をさそいて伊豆にあそぶ遥けくなりぬ少女期の差異も

堂ヶ島洞窟めぐりの遊覧船に身をのりだせるわれ叱れる姉は

おおあなの天窓（てんそう）洞あきて光射す岩礁の神秘のまにまに海の碧瑠璃

こがねの落暉背（せな）にくゆらせ大岩のゴジラ稜立（そばだ）つ暮れゆく海に

内海

須磨浦の秋たけてゆく蛸を干す碇型ハンガー影のみ列ぬ

ペンギンのコロニー水族館に見て生活臭のごときざわめき

牛窓という反骨に夢二生（あ）れ平民社新聞に風刺画を描く

朝鮮通信使祭りのポスター貼られあり海は今より開かれし窓

錦海塩田の跡　海を圧（お）し太陽光神殿なるかパネルで埋め

大鳥（おおとり）のまなぶた下ろすように昏れ内海がこぞりて動員されたる戦争

田の浦をバス過ぎるとき運転手ここ「回天」の基地なりしとぞ

小豆島にも海の特攻・特殊潜航艇（主に「蛟竜」）の基地があった

外国人観光客も訪れるうさぎの楽園大久野島の毒ガス研究

瀬戸田港みおろす宿のレモン風呂あすの行程うかべ足伸ぶ

島陰を村上海賊おどり出づ落日のこがねの帯をフェリーにまたげば

被爆電車650形も走るらし路面電車を原爆ドーム前に降る

炉窯のごとき鉄骨ドーム残照に熱(ほめ)きてただれおちたる肉は

核の脅威のシンボル廃墟の照らされて世界遺産のタナツーリズム*

*戦禍・災害などの悲惨な大量死を（神格化された死として）学びの場とすること

広大学

日本海軍の誇りし工廠跡地見す呉湾のぞむ歴史の丘に

自衛隊に引き継がれたる軍港の「平和を仕事にする!」の募集ポスター

湾内めぐりの遊覧船にわたさるるミニ旭日旗無邪気にみな振る

大和ミュージアム

平和のための抑止力というキャンペーン戦艦長門・大和にもありき

「日本の誇り」戦艦長門を訪うならい少国民の修学旅行率（い）て

塚本邦雄、呉（広）海軍工廠に四年間徴用勤務

最先端科学誇れる工廠はあこがれられき「広大学」と

海の特攻「回天」「海龍」の基地にして零戦の初期設計も担いし技術

知りいしや特攻兵器成（な）す工場に身を耗（す）りて得る四十五圓と

呉空襲四百回に逃げまどいしが青春と詠む碧川瞬*

*塚本の当時のペンネーム

昭和史のゼミ

天蓋のみがかれて晴るマグノリア百花の園に満てるしらはな

ことしのさくら仰ぐかたわらに死者はきてわれより若き髪をそよがす

大正通り夕べの小道に三人の姉ある君をはじめて聞けり

生涯独身の木下順二のストイックな生を生きたしと熱い眼をして

無造作にセーター着てきて教壇に沖縄を講ず後期のはじめ

おどろきにみちて学びぬ昭和史のゼミの十年若きらにまじり

あいせきしあいせきしつつ聴く耳の　兵士らのこえ沖縄のこえ

十年は学徒の君を育て上げわたしはわたしの季節に帰る

時の記憶

羅針盤と砂時計置く操舵室あおうなばらをひとりじめして

時間グラス机上においてうたたねに楼蘭砂城を訪う夢みたし

野生馬にまたがり草原を走るわれ夢想しており地球紀行に

くれないのくずれし薔薇(そうび)すてるとき花瓶の水ににげるひとひら

キリストを抱く嘆きのピエタ像バチカン大聖堂のエントランスに観き

歌の業（ごう）すてし二年（ふたとせ）やすらぎてマリア・フランシスカ妙子　神のみもとに

金子みすゞを合唱にうたうソプラノのパートの友の面（おもて）きよらに

時の記念日

水無月十日漏刻祭の梅雨ぐもり　時の記憶のさまざまに問わる

IV

神話にあらず

十七歳のあばるる詩神かがやける処女作にして「酔いどれ船」は

めがねにルーペかさねて見おり文庫本『地獄の季節』の（俺だって(アンキオ)）のルビ

家出の途次の小駅アスターポヴォに斃れたる老トルストイの旅鞄（トランク）に雪

カロッサを読みいしころの眼は憩うりんご畑の遠きしらはな

ラ・マルセイエーズわきたつパリに流行りたるダリア「裏切り」の花言葉もつ

あんずいろのおおきな月をみて歩むヨブの惑いにヨブ記はみちて

スーパームーンに照らしだされしパルテノン　神話にあらず国が老ゆるは

二百十日

アイメークみごとな美女が隣席にマーカーしつつ読む「核医学レポート」

ワーママ・ノンママ母性とキャリアともどもに女性の格差のものさしふえる

千鳥ヶ淵戦没者墓苑　仏教系団体主催の慰霊・平和祈願式典（八月十四日）

兵装の永久（とわ）にとかれぬ不明死者おもう声明（しょうみょう）の和に目つむりて

遺骨収集

ことし還りし遺骨二三三七体をうたに迎えん「ふるさと」合唱

昭和をとむらう暗鬱の日々あのときの赤子（せきし）が死語にあらざりし半年

平成の天皇

終活を言(こと)に出だざるる天皇の「象徴」という紐帯のリベラリズムを

二百十日のあさかぜ吹けり庭蓼のこぼるるあたり猫をあそばせ

ホモ・ファベル*姑(はは)が九十五歳の手に縫える防災頭巾を枕辺におく

＊手のひとの意

死語をとかるる

二〇一七年は、戦後民主主義下で失効したはずのものが、北朝鮮や中国脅威論の強調を背景に復活の兆しを見せた年だった。安倍政権下で進められた特定秘密保護法や安全保障関連法、テロ等準備罪の強行等にも見られた右傾化。特にこの年、象徴的だったのは「教育勅語」の再評価と、北朝鮮のミサイルに対する空襲警報のような「Jアラートの配信」が行われたことだった。

教材としての使用を認める閣議決定

教育勅語死語をとかるるこの春のさくらの校門くぐりゆく子ら

尽忠報国死生をつらぬく戦陣訓「教育勅語」を母体となして

中学武道に銃剣道追加

銃剣道教練もありていつしらに捧げ銃雨の出陣行進のため

儀仗隊のファンファーレ鳴り敬礼の白手袋のそろう角度よ

「美しい国」[*]日本にあってはならぬ自虐過去「東京裁判」を今に憎めり

*安倍内閣が目ざすとした国家像

機動隊と市民の衝突に退陣せし祖父へのとむらい「共謀罪」採決

九条の安眠むさぼるなかれとぞ空襲警報Jあらーと配信

戦後史をかたりつぐべき桜とし千鳥ヶ淵辺の雨をあるけり

白昼夢

不確定要素ハングパーラメントとひびきよき英国選挙の結果解説に

「ふたたび偉大に！」の凱歌嘆かうきさらぎの残留支持派の瞑目われも

地球の磁場N極S極逆転のべらぼうあるを「チバニアン」におどろく

海面上昇のキリバスから来て焼津港かつお漁師になりしわかもの

白昼夢のごとし灰青色の人馴れせるネズミ一匹ＬｏＦｔ前にいつ

トランプ大統領

フェイクニュース！と指さす時のくちびるのゆがみ世界をゆがむる鏡

歴史の改竄をする真理省オーウェルの『一九八四年』を国会に見つ

愛国の同調圧力　満員電車に青年が読む『「非国民」のすすめ』

大島渚・野坂昭如吼え暴る「朝まで生テレビ！」時代の華たり

猛暑豪雨列島おそい近代が築きてきたる生活（たつき）ゆさぶる

サステナビリティ標語となれるまでに病み突き付けらるる『未来の年表』

訃報

とむらいの使者のようなるくぐもりに山鳩啼けり朝の電線

師の訃報　賢治研究若きらを率(い)て花巻の合宿いくたび

四輪駆動車に望遠鏡つみイーハトーブの星や鉱石さがしにゆけり

白いカーネーション捧げゆく列　豪放に笑い怒り抱きしめくれし恩さようなら

たかぞらに青いくるみの実を鳴らす　どっどどどうど風の精霊

レクイエム

孀恋のキャベツ畑の向こうなる浅間嶺あさにゆうべに見たり

甘酢漬けきゃべつに凝りて二玉を瓶につけおくローズヒップの香に

ハルゼミが草津の森をふるわせる美(は)しき季節よマリを連れし逗留

猫のマリは車での草津行、森の散歩も好きだった

ねこを挟みお父さんお母さんと他愛なき　救われきたる危機のいくつか

老病死　四、五倍速に汝(な)をおそい汝(なれ)をおくりて家族老いそむ

つくづくと曲折もありし歳月を二人に生き来し珊瑚婚式

おごそかに泣くためにに聴くレクイエム教会堂の木椅子に座り

ソプラノに悲はみちびかれラクリモサ（涙の日）　死への親和を生きたりし楽

人間の牢獄

歴史の負の「残像」にワイダが籠めしもの見とどけにゆく岩波ホール

土曜ごとの新聞に見つ浪江町いまも刻める二・五シーベルト

ビッグ・ベンが時鐘をつげる曇天下　下宿籠城の漱石ありぬ

人間の牢獄たりし文明の暗鬱きざむ「倫敦塔」は

イエス三十四歳の生涯の磔刑を歩みゆくなる軌跡読みいつ

釘打たる手のひら苦悶に耐えながらかすかくずおる白布の腰は

明日まで、の広告に大雪警報のなかを観に来つ「女の一生」

夫に息子に裏切られつづける家妻の一生(ひとよ)のリアル若き日読めず

いさかいてややに淋しき夕まぐれポトフに散らすパセリをきざむ

だんぼーるはうすにブルーシートの屋根はりて冬深みかも路上一畳

「このかなしみは拭ひあへずも」啄木の貧の一生（ひとよ）をわれら愛（かな）しむ

しぶんぎ座流星群ひとつ星ながれ「眠りの姉*」がたれか連れゆく

*死をバッハはそう呼んだという

えーえんとくちから

池の面になだれ咲きいしさくらばなこの春しずけき園に闌けゆく

鯉のうえに鯉がのりあげみつみつと餌(え)を欲る口の寄り合いてきつ

どまんじゅうありし古墓地の無花果の乳（ち）垂るが怖し子供ごころに

感染者みるみる増えてこの国の「失敗の本質」みえつかくれつ

義母（はは）命終の百三歳のベッドわき数独と歌のノートの重ねられいつ

霊園に氷雨ふるなか子ら六人(むたり)納骨式に母を送れり

戦争を戦後復興のただなかを生ききりし父母らに世代史重く

春愁にたちどまるなき日々に沁み笹井宏之「えーえんとくちから」

隣り家の屋根の補修にきびきびと若者ふたり春光弾いて交叉す

手のひらふれて

尾の先の曲がりも汝（なれ）の白骨に手のひらふれてわかれいとしむ

ちいさなる頭蓋もきれいに残れるを「やさしく撫でてあげてください」と

白骨の御文（おふみ）おごそかに誦（ず）しくるる慈恵院ペット葬にかなしみあらた

クー、うちの子になって二年

ねこの顔ちかづきてきてわが鼻先をかるくくわえるご機嫌のきわみ

猫のいなくなりし草庭　狗尾草（えのころ）をゆらしあそべる二羽のすずめが

空き地をおおうブルーシートの隙間より黒猫出でて伸びひとつせり

デーケン神父の死生学講座に救われし十年(とせ)の前のノートをひらく

黄大陸の蜃気楼

渡りの途次のアサギマダラが飛来せる摩耶山天上寺に秋陽あまねく

中国美人との甥の婚約　アイデンティティファイ揺れる家族も姉は伝え来く

宮柊二「戦中書簡」

山西から滝口英子へ、「支那人の服を着て討伐に出」しことも告ぐ

兵隊にも日常があり兵の眼で見ていますと書く宮上等兵

複雑で混沌として美しい、兵隊を人間としてひたすら生きたしと

一人も殺さなかったと言わざりき伍長の父を『山西省』に重ぬ

「満蒙の沃野を頂戴しようではないか」陸軍省時局講演会の壇上の檄

敗残の引揚者五〇〇万人の戦後史に楼蘭の蜃気楼とし黄大陸は

若草のころ

ごうごうと一夜荒びしカラマツの林の落ち葉ふみて朝ゆく

ハクガンの首伸べて飛ぶふたつ雲　高速道路の渋滞のうえ

神流川河川敷なるすすき原　網目のように死のまなこ射す

屍山血河踏みゆく欧州大戦の小説読みき　若草のころ

ナチズムの集団狂気の主にて生真面目な偏執狂のアドルフ・ヒトラー

戦争の人間の嗜虐の墓場あばかれてホロコーストに世界は慄(おのの)く

解禁されし『我が闘争*』をプロパガンダ対策の反面教材となす案

*二〇一六年、ヒトラー没後七十年にドイツ国内解禁

ナチズムに比せらる日本の戦争の「侵略」さえもつね薄められ

今朝ふいに目を驚かす曼珠沙華　赫い隊列塀にそわせて

加害史の戦後責任つなげきし首相メルケルが去るこののちは

雲に乗る

すいかずらの垣に埋もるる廃屋に五人(いつたり)家族のささめき過ぎし

ひとが一生(ひとよ)に残しゆくもの片付けてつくづくさみしい骨ねむる土

ふるい行李に備忘録などびっしりと夫（つま）のひと日の作業なみだ目

炎暑なる夕あかね雲　嫁姑問題はボノボに訊けと霊長類学者

家をたたむという一大事腰重き夫にはかれるプランいくつか

東京オリンピック二〇二一年

感染爆発伝えしあとに声音(こわね)かわりメダルラッシュにテレビははしゃぐ

A級戦犯の遺骨太平洋に撒かれしとそれさえ米公文書に埋もれてきつ

平和うたう記念日つらなる八月にしんと読みおり『とこしへの川*』

*竹山広歌集

「ノンちゃん雲に乗る」小学校の体育館に膝抱え観き初映画かな

竜の雲を得る如し

ことわざのあれどわれらを育みし戦後民主主義のどこか貧しく

日向に

文化の日まったく晴れて教会の白壁に差すさくらもみじは

学生のもどりし秋のキャンパスの二号館に聴く東アジアのゆくえ

かつて父たちは

戦後憲法公布日なれる祝日を明治節と呼び日の丸掲げき

経済大国の企業戦士でありしちち大日本帝国の敗兵たりしのち

改憲論者ふえゆくこの国いよいよに九条の枷ふりほどかんと

コロナ第五波のピーク時に自宅放置されたるわれら戦時下に似て

地球温暖化化石賞日本の楽観を遠きニュースに告げられていき

「人生とは、開墾事業だ*」秋植えの花の球根日向に埋める

*アラン『幸福論』

いつも背中を押してくれてたまなざしの記憶にそらの秋は深まる

あかるい大無為

二十頭の乳牛まもる牛飼いの左千夫の勤勉日に十八時間

世界資本押しよすアフリカ狩猟ツアーのために飼わるる百獣の王も

自販機のステーションのごとコンビニが配されてあり駅まで四つ

アロンアルファにかかとのひびわれ固め立つ冬の稽古を力士かたれり

神々の豪放磊落ゼウス神スサノオ荒ぶる横綱もまた

よろめくを「蹌踉」と書けばありありと汨羅の淵の詩人のこころ

革命の彼岸失せたりソ連邦解体の日のとおく雪降る

海というあかるい大無為に呑み込まる『老人と海』読みしいく日（か）は

後書き

『時間グラス』は、『朱鳥』『ヒカリトアソベ』に続く私の第三歌集になります。前歌集からほぼ十五年が経ってしまいましたが、四〇〇首を自選し、大筋は制作順の時系列に四つの章に配置、年月にあまり関係のない歌は章を横断的に配しました。

この間、これまで通り「短歌人」に活動の中心を置きつつ、十年程前から「鱧と水仙」や「現代短歌を読む会」に御縁があり参加。京都・大阪方面の歌人との交流で関西の文化や言語圏的な要素にも興味がありましたが、今回歌集をまとめてみて、その二つの場に促されて書いてきた作品が多いことをあらためて感じました。主題詠的な縦糸は季刊に合わせた「鱧水」の連作が主な柱になり、また塚本邦雄を読んだ「読む会」では私は戦争の歌を特に取り上げ論じています。全体的に日本の過去の戦争や戦後社会への主題的モチーフが多くなったのはそれらにも拠るところです。前歌集で主に父の戦争を中心に考えたり詠んだものを、もう少し普遍的視点に追ってみたいとの思いも、連続した下地にはありましたが。

一方、この間の私をやや開放的に広げてくれた要素も二つありました。一つはひとり旅。京阪の歌の会合は恰好の機会を与えてくれ、そのついでに三、四日で海辺や島々を歩き、船に乗るのが楽しみでした。もう一つは小池光氏のカルチャー教室等での題詠です。題詠にはずっと抵抗があったのですが、この時期少し面白くなり、イメージを膨らませてみることが出来るようになった気がします。この旅と題詠から派生した歌も一定数あり、組み入れに迷いましたが、窮屈な私の歌に少しでも違う要素や歌の喜びをもたらしてくれていれば幸いです。

『時間グラス』は砂時計のことで、前歌集の出版直後に『砂時計の書』（エルンスト・ユンガー著）で魅せられ、そのタイトルで次の歌集を出すことが目標でした。

いつも遅々とした歩みに励ましとお力をいただいている歌の場と交友に、あらためて心から感謝を捧げたいと思います。小池光氏には、このたびもあたたかい帯文を頂戴し有難く御礼申し上げます。また間村俊一氏の装幀で一冊をかたちにしていただけますことも、この上ない喜びです。ありがとうございました。出版の一切をお世話いただきました短歌研究社の國兼秀二編集長、菊池洋美様にも厚く御礼申し上げます。

池田裕美子

時間グラス

令和四年三月二十日　印刷発行

著者――池田裕美子
東京都武蔵野市吉祥寺東町二―四二―六　郵便番号一八〇―〇〇〇二

発行者――國兼秀二

発行所――短歌研究社
東京都文京区音羽一―一七―一四　音羽YKビル　郵便番号一一二―〇〇一三
電話〇三―三九四四―四八二二・四八三三　振替〇〇一九〇―九―二四三七五番

印刷者――豊国印刷

製本者――牧　製　本

装幀――間村俊一

定価――二七〇〇円（税別）

ISBN978-4-86272-696-4 C0092 ¥2700E